2014
좋은 시조

2014 좋은 시조

초판 1쇄 2014년 2월 20일
엮은이 박시교 · 김영재 · 김일연 · 정용국
펴낸이 김영재
펴낸곳 책만드는집

주소 서울 마포구 양화로3길 99 4층 (121-887)
전화 3142-1585 · 6
팩스 336-8908
전자우편 chaekjip@naver.com
출판등록 1994년 1월 13일 제10-927호

ISBN 978-89-7944-468-1 (03810)

이 도서의 국립중앙도서관 출판사도서목록(CIP)은 e-CIP
홈페이지(http://www.nl.go.kr/cip.php)에서 이용하실 수 있습니다.
(CIP제어번호 : CIP2014002682)

2014
한국작가회의
시조분과가 선정한

박시교 · 김영재
김일연 · 정용국 엮음

책만드는집

| 차례 |

강문신 　물덤버리 • 11

강은미 　하얀 길 • 12

강인순 　전어 • 13

강정숙 　잃어버린 풍경 • 14

강현덕 　주문진 • 15

고정국 　밤비 • 16

구애영 　바람의 귀가 • 17

구중서 　동강 • 18

권갑하 　발해만을 바라보며 • 19

권도중 　바다 • 20

권영오 　공명 • 21

권영희 　낙과 • 22

김강호 　안부 • 23

김남규 　자리 • 24

김덕남 　대의 기원 • 26

김동인 　여름 산역 • 27

김미정 　세 마디 • 28

김민정 　움집의 내력 • 30

김보람 　변기 • 31

김복근 　마철저의 바늘 • 32

김삼환 　명치 • 33

김선화 　사랑할 수 있을 때 좀 더 사랑할걸 • 34

김선희 　문을 열다 • 35

김세환 　항구 • 36

김소해 　아버지의 유산 • 37

김승규 　덤 • 38

김연동 　청해진을 읽다 • 40

김영란 　붉은발말똥게 • 41

김영재   마음 • 43

김영주   뉘엿뉘엿 • 44

김우연   담쟁이 • 45

김원각   한몸 • 46

김윤숙   순천만 • 47

김윤철   풍경 • 48

김의현   그대를 위한 만가 • 49

김일연   눈 오는 저녁의 시 • 50

김정숙   수국 꺾꽂이 • 51

김제현   가을 산길 • 52

김 종   해운대 IV • 53

김종빈   지척의 날에게 • 54

김진길   어둠의 극점 • 55

김진수   꾸석 • 56

김진숙   따뜻한 초승 • 57

김창근   휴대폰교 • 58

김해인   간이역 • 59

김 현   그 하늘 접은 메모지 한 장 • 60

김호길   비행운 • 61

노영임   가을의 속도 • 62

노중석   사월 한낮 • 63

리강룡   봄비 • 64

문무학   먼나무 • 65

문수영   그대에게 가는 길 • 66

문순자   친정 바다 7 • 67

문제완   여름 낮달 • 68

문주환   섬 억새 • 69

민병도   광장에서 • 70

박권숙　벽송 • 71

박기섭　구급차, 그리고 가을 • 72

박명숙　오래된 시장 골목 • 73

박미자　서귀포 바닷가 • 74

박방희　불이 • 75

박성민　목쉰 골목 • 76

박시교　파도에게 • 78

박연옥　파적 • 80

박영교　내 봄빛 용광로 • 81

박영식　꽹 • 82

박옥위　달빛 묵화 • 83

박정호　하늘재에서 • 84

박해성　풍선가게 허풍선 씨 • 86

박현덕　목포항에서 • 87

박희정　쩡쩡대는 아우성 • 88

배경희　이명 • 89

배우식　시래기 마른 손가락 • 90

백이운　지고 온 소금가마 • 92

변현상　부부라는 이름의 詩 • 93

서숙희　젖은 핸드랩을 위한 시 • 94

서연정　꽃의 윤회 • 95

서일옥　병산 우체국 • 96

서정택　윷놀이 • 97

서정화　봄, 리폼 • 98

선안영　문진 돌 • 99

손영희　옷 • 101

손증호　쯧쯧쯧 • 102

송선영　숲길 산책 • 103

송인영　춘분 · 104

신강우　맨드라미 · 105

신필영　바람의 시 · 106

양점숙　갈대숲에서 읽다 · 107

염창권　겨울 적벽 · 108

오승철　고추잠자리 18 · 109

오영빈　어머니의 가을 · 110

오종문　겨울 백서 · 111

옥영숙　취업일기 · 113

우은숙　시뮬라크르 · 115

유동순　나주벌, 길다 · 116

유병옥　춘도에 가면 · 117

유영애　산수유는 피어서 · 118

유자효　다음에 · 119

유재영　내간체로 읽는 봄 · 120

유종인　겨울 당나귀에서 봄 당나귀로 · 121

유 헌　살구꽃이 필 때 · 122

윤경희　침묵 · 124

윤금초　낮달 또는 수월관음도 · 125

윤채영　유가사 첫봄 · 127

이 광　성냥 · 128

이교상　시크릿 다이어리 · 129

이남순　골목 풍경 · 130

이달균　난중일기 1 · 132

이두의　꽃설기 뜸 들다 · 134

이보영　따뜻한 유산 · 135

이석구　납매 · 136

이송희　피아노가 있는 방 · 137

이숙경 비보호지대 · 139

이숙례 서운암 야생화 · 140

이승은 풍경 2013 · 142

이승현 돌탑 · 144

이영필 퇴근길 리포트 · 146

이옥진 낭태 · 147

이우걸 동백꽃 · 148

이일향 뒤뜰에는 갈잎 · 150

이자현 막, 눈 틔운 잎 · 151

이정환 옹벽 · 152

이종문 아무리 우겨봐도 · 153

이지엽 독필 · 155

이태순 철원여인숙 · 156

이태정 누수 · 158

이해완 천불천탑 · 160

이행숙 태풍 · 161

임 석 다운동 고분 · 162

임성구 도화역 · 163

임영석 달의 문장 · 164

임채성 천마산 딱따구리 · 165

장수현 이맘때 · 166

장영춘 새별오름의 봄 · 168

장은수 덩굴손, 코바늘뜨기 · 170

장지성 걸개, 구구소한도 · 171

전일희 댓잎 생각 · 173

정경화 셀카 · 174

정공량 인생 2 · 175

정광영 산 · 176

정수자　빨치산을 읽는 밤 · 177

정온유　봄비 · 179

정용국　화살나무 편지 · 180

정평림　정선아라리 8 · 182

정해송　소금 · 184

정해원　겨울 벌판 · 185

정혜숙　절연 · 186

정희경　발의 기억 · 187

조동화　산 · 188

조민희　바위종다리 · 189

조성문　컵밥 공양 · 190

조영일　이팝꽃 · 191

조오현　일념만년거 · 192

조주환　메아리 · 193

지성찬　작은 돌멩이 · 194

진복희　고양이의 잠 · 195

채천수　한 다리가 천 리라고 · 196

최성아　봄, 열다 · 197

최영효　죽을동살동 · 198

최오균　빗소리 변주 · 199

추창호　담쟁이 3 · 200

한분순　시인은 머물다 가고 · 201

한희정　쇠소깍 · 202

홍성란　그림자 · 203

홍성운　뿔 · 204

홍오선　어떤 후일 · 206

홍준경　두물머리, 해후하다 · 207

황성진　착한 허점 · 208

물덤버리*

강문신

어릴 적 앞 바다에는 물덤버리가 많았습니다
바위틈에 미끼 디밀면 덥석덥석 물었습니다
추호의 망설임도 없어, 먼저 본 게 임자였습니다

이 도심 빌딩숲에도 물덤버리는 많습니다
무시로 터질 때 보면 줄줄이 줄 굴비입니다
잔머리 굴리고 굴려도, 낚이는 건 같습니다

기세등등 ○모 씨도 끝내 쇠고랑입니다
이골 난 그 수순에 놀랄 사람 없습니다
뭐 그리 할 말 많은지, 해도 자꾸 또 합니다

－《시선》 봄호

* 검은색의 물고기로 몸에 비해 입이 크다.

하얀 길

강은미

미정설 진화론이 눈길 위에 찍혀 있다
맨발 맨손으로 설산에서 익혀온 자국
산새가 숨어서 그린 화살표가 있었다.

"뽀득뽀득" 밟힐 때면 "뽀득뽀득" 화답했다
화살표 반대 방향 겨울 숲 막바지에
하얗게 자신도 모르는 올레길이 있었다.

스스로 떠나면서 스스로 갇히는 길
오! 착한 오른발이 왼발 옆에 찍히면서
뒤돌아 내리막에도 옥양목을 펴는 길.

－《유심》 5월호

전어 錢魚

강인순

친구와 술을 먹고 밤늦게 돌아오는 길

마음이 무겁다, 내가 한잔 살걸

눈앞에 어른거리는 전어의 빛난 비늘

휘청이며 속 태우며 살아오긴 마찬가지

난도질한 살점 몇으로 서로를 추스르고

남겨둔 한 잔 언저리 속마음을 두었네.

－시조동인 오늘 제25집 《푸른 화석》

잃어버린 풍경

강정숙

그 많던 멧새는 또 어디로 갔을까
산벚꽃, 너럭바위 구절초의 문중門中 산
아파트, 아스팔트에 밀려 흔적마저 지워진,

할미꽃 누우셨던 묏등이 무너질 때
덤불에 긁힌 게 손등만이 아니었다
그 아래 똬리를 틀던 아픔도 석 자가웃

닳아서 뭉텅해진 그맘때 그 기억들
거슬러 올라가면 어디쯤에 닿을까
매몰찬 활촉에 다친 눈目들 아직 붉은데

낡음과 새로움도 민낯처럼 흐려져
그 어떤 색으로도 되돌릴 순 없지만
풍경은 보는 게 아니지, 마음에 담는 게지

-《나래시조》여름호

주문진

강현덕

바람이 미는 파도 파도가 미는 파도

밀리고 밀리다가
밟혀서 죽는 파도

곡쟁이 흰 물새들
상주보다 서럽다

패각 닫힌 조개
일찌감치 닫힌 세상

그 문에 들지 못하고
서성대던 사람들

먼 데서 밀리고 밀려 여기까지 온 사람들

－《시조21》봄호

밤비

고정국

취객의 혼잣말처럼 깊은 밤에 오시는 비
하나둘 불경기의 간판 불이 꺼지면서
양순한 우산 하나가 젖은 밤을 펴든다.

말소리 숨소리 조심성 참 많은 밤비
슬픔의 잔가지에 대롱대롱 맺힌 봄이
이제나 저제나 하다 목덜미를 깨운다.

문득 그 자리에 올려다본 까만 하늘
사랑을 모르고 산 어둠의 살갗들이
순순히 악역을 풀고 밤을 속삭이잔다.

－《한국동서문학》 여름호

바람의 귀가

구애영

1
풀잎에 누운 실바람 얼굴을 감추더니
손잔등에 박혀 있는 제 못 자국을 떼어낸다
세상은 늘 빈집이다
돌아보면 아지랑이

2
문풍지 우는 소리에 단풍 든 마음처럼
뼈마디 가벼워진 시린 날을 견딘 바람
결 따라 내려앉는다
하늘을 둘러업고

3
거리를 저벅거리다 몸을 눕힌 맨살들
지렁이 허물 위에도 그대는 파고든다
시작도 매듭도 없이
알몸으로 누운 무덤

−《스토리문학》 가을호

동강

구중서

높은 산 골짜기에 강물의 여울 소리
메아리로 엮는 사연 아라리 가락 같다
물길이 향하는 데는 흰 빛 물살 보고 안다

주무른 듯 뭉친 듯 꿈틀대는 산세에다
산허리엔 쉬지 않고 안개구름 날고 있다
동강은 갇히지 않고 오지를 벗어난다

–《시인수첩》겨울호

발해만*을 바라보며

권갑하

지우고 비튼 자리 다시 세운 팻말 앞에
지워지지 않을 얼룩 그 야성의 목청으로
빛나는 요하 문명의 주인들을 불러본다.

절룩이며 품어온 사서를 다시 펼치면
호령하던 고구려 말발굽 소리 들려오는데
차디찬 성찰을 긷는 거울인 양 반짝인다.

그 옛 땅 자궁처럼 둥글게 품어 안은
골 깊은 역사의 어귀, 상징처럼 새긴 이름
언젠가 되찾아야 할 좌표인 양 오롯하다.

－《개화》

---

* 중국은 발해만에 닿아 있는 만리장성의 동쪽 끝을 압록강까지 연장하는 동북공
 정을 획책해 동북아 역사를 왜곡하고 있다.

바다

권도중

배는 떠나기 위해 가에 묶여 있네
과거의 항구로 오는 것도 새로움인
닿지를 않는 사랑이
남아 있어 씻기네

닿을 날이 희망인 물결 속을 쓸리겠지
오늘은 어제로부터 내일도 오늘로 오는데
거기서 수평선이 될 거야
모래알처럼 남을 거야

수평선으로 간 세월은 수평선을 살리고
하얗게 씻기는 모래가 있다고 생각해
쌀처럼 깨끗한 모래,
멀리 갈 수 없을 거야

–《열린시학》 가을호

공명共鳴

권영오

선릉역 5번 출구에
다리 없는 남자가 앉아 있다

저도 제가 이렇게 될 줄 몰랐습니다

못 본 척
지나치는 나도
이렇게 될 줄은 몰랐다

–《유심》 2월호

낙과

권영희

거센 태풍에 놓친 배 사 가라고
트럭은 반나절 확성기 열어놓은 채
뜨거운 농부의 꿈을 봉지째 팔고 있다

그 여름 단비와 헐값의 햇살에도
제 몸 달이던 어느 낙과의 비애처럼
내 안에 매달린 시들도 후드득 떨어졌다

–《서정과현실》 하반기호

안부

김강호

외로움에
지쳐서
뻐꾸기 된 어머니
도회지로
나가 사는
자식들
안부 묻느라
햇귀가
돋는 아침부터
뻐꾹뻐꾹
뻑뻑꾹

－《개화》

자리

김남규

주차장 실선 따라
장롱이 주차되었다
의문에 부친 내부
상상을 채워간다
집 밖의 살림살이는
제 용도를 잊는 법

폭설의 밤을 지나
장롱이 주차되었다
부석이 밀어냈는지
단층斷層을 이루는 문
밀폐에 실패한 틈새로
찬 바람이 인다

맨땅만 주차된 아침
장롱이 사라졌다
점선으로 떠올리며
자리를 그려본다

당신은
그렇게 왔다 갔다
여전히
그렇다

-《유심》3월호

대竹의 기원

김덕남

나 죽어 한 필부의 젓대로나 태어나리
노래로 한세상을 달래어 살다가도
그리움 지는 달밤엔 가슴으로 울리라

그다음 생 또 있다면 빗자루로 태어나리
티끌 먼지 쓸어내어 이 세상을 맑히다가
해 지면 거꾸로 서서 면벽수행 하리라

화살이나 죽창은 내 뜻이 아닌 것을
속 비워 어깨 서로 기대며 다독이다
생애에 단 한 번 꽃으로 경전 피워보리라

–《시조세계》 봄호

여름 산역山役

김동인

맨발로 걸어가서 스스로 누운 듯이

편편한 지면 위에 하늘 향한 저 발가락

이제야 흙이 되어줄 준비라도 하는 듯이

마지막 짧은 침묵 지평선을 그어놓고

갈맷빛 능선 따라 눈 맞춤을 하는 사람

불편한, 아니 편해 보이는 가지런한 저 발바닥

-《다층》 가을호

세 마디

김미정

숨은 뜻은 모르는데, 말은 늘 아끼시던

"어" 하고 전화 받고

"그래" 한번 끄덕이고

"끊어라" 하며 휘갑치는

굵고 짧은

세 마디,

지상의 오랜 시간 아버지가 남기신 말

기억은 울림이 되어

행간을 넓혀가네

속귀에 녹아내리는

무뚝뚝한

세 마디

–《한국동서문학》 여름호

움집의 내력

김민정

몽촌의 봄기별이 꽃 피듯 건너오는
붉어진 배롱나무 기대어 선 선사시대
투명한 살결만 같은 그 내력을 읽는다

아리수 물굽이로 경계들은 무너지고
흘러가는 시간 속을 흘러가는 사람들이
해 돋는 강동마을로 덩굴손을 뻗는다

햇살 따라 얼키설키 엮어가는 역사의 장
그 속에 피던 사랑 배롱꽃에 어리는지
이 아침 한강 변 어귀 옛사람의 숨결 깊다

– 《시조시학》 가을호

변기

김보람

우리 안에 갇힌 외로운 짐승처럼

입술을 쫑긋거리며 아귀굴을 벌린다

갑갑한 터널 벽들을 몸속에 품은 내가

지하 감옥 깊은 곳에 한순간 포박되듯

너무도 많은 내가 거기에 잠겨 있다

뱃속을 내리누르는 꾸룩대는 내장 속

들러붙는 사방을 주르르 쏟아놓는다

높이도 깊이도 없는 거꾸로 된 바닥에

오늘을 먹어치우고 어제를 내뱉는다

－《한국동서문학》 봄호

마철저의 바늘

김복근

쇠공이를 갈고 닦아 날렵해진 몸매다
땀땀이 가는 걸음 씨날줄 올이 되어
허기진 바람구멍을 조찰하게 막아내고

사랑과 그리움은
젊은 날의 달빛마냥
밝은 눈 맑은 소리 젖은 창 불을 밝혀
우려서 깊어지는 밤 시린 맘 다독인다

바늘에 꿰인 실은 풀잎의 혀끝같이
속 깊은 정이 되어 내 몸을 에워싼 채
굴레에 재갈을 물려 묵은 인연 기워낸다

-《문학청춘》 봄호

명치

김삼환

한솥밥을 먹고 있는 오랜 직장 동료에게
"급소를 조심해야 해 명치를 방어하라구"
말하고 돌아선 자리 능소화가 한창이다

조간신문 보다 말고 먼 산 바라보던 날
내 눈이 흔들릴 때 맥을 짚던 그 사람도
광장을 떠도는 말에 명치끝이 아플까?

－《시와문화》 가을호

사랑할 수 있을 때 좀 더 사랑할걸

김선화

상처가 났다
온몸 구석구석 그늘이 졌다

상처에 가시가 돋아
내가 나를 찌르고

겹겹이 쌓였던 시간
와르르 무너진다

다시 온전히 사랑할 수 있을까

넉넉한 햇살과 부드러운 입술에

상처가 꽃이 될 수 있을까
꽃 필 수 있을까

-《불교문예》 봄호

문門을 열다
－어머니께

김선희

무덤가 먼저 오신 텃새 두 마리가
할미꽃에 내려앉은 고요의 한순간을
물었다 튕겨가면서 깃을 털고 일어선다

눈물 어린 눈길 따라 하늘이 빛부시다
맨살의 어린 떼가 바람으로 덮여 있고
빙 둘러 부어준 감주 그 향기에 나도 젖고

흙에서 태어나서 흙으로 다시 가는
햇살도 사월 햇살이 무량하게 널려 있고
그어둔 슬픔의 경계가 나눔 없이 환하다

－《시조21》 가을호

항구

김세환

간절히 혼불 밝힌 등대 하나 세워놓고
오랜 기다림이 외롭지 않다 해도
파도에 젖은 가슴은 퍼렇게 멍들었다.

심해深海에서 막 건져 올린 은빛 갈치 같은
유난히 번뜩이는 깊은 눈빛 속에
피곤한 바다를 위한 노래가 출렁이고

낡은 폐선 한 척 입항을 허락한 밤
함께 나서대는 텁텁한 막걸리에
그대의 신선한 언어들이 활어처럼 퍼덕인다.

－《시조21》 봄호

아버지의 유산

김소해

쟁깃날 버리고 세워 경작한 바다이네
수평선 너머까지 가보고 오는 데 육십 년
근육질 어깻죽지에 동해호號가 파도친다

아버지 가던 길은 따라가지 않겠다고
빈 어창魚艙에 버티던 길 여기까지 따라왔다
한 그물 건질 때마다 올라오는 아버지 길

비장秘藏의 낡은 유산 놓고 간 어장도漁場圖에
어느새 아버지처럼 투승점投繩點을 찍는다
소금길 썩지 않는 법을 나침반에 새긴다

-《시조시학》 가을호

덤

김승규

맺고 끊을 수 없는
종소리 여운 같은
다시 기약 없는 거래라 하더라도
넌지시
한 줌을 쥐어
고봉 위에 얹는 것

손금을 짚어보면 살 만큼 산 목숨을
그예 두 번씩이나
이어 붙여 얻은 오늘
누군가
무슨 뜻으로
내게 덤을 주셨는지

오늘과 또 내일이
덤으로 사는 거라면
어찌 나만을 위해
이 귀한 걸 쓸 수 있나

받은 덤
그 반만이라도
돌려주고 가얄 텐데

-《문학세계》 12월호

청해진을 읽다

김연동

불립문不立文 섬과 바다 만 갈래 시름 벌을
첩지나 받은 듯이 성채 짚어 휘달리며
맨발로 꽃밭을 일군 푸른 고전 받쳐 든다

너울 치는 그리움을 갑주 속에 접어 넣고
시린 칼 그 절제로 무두질 하던 대륙
더운·피 매운 결기로 써 내려간 서사시를,

비린 가슴 비워내면 길 위에 길이 되나
꿈을 펼쳐보라는 듯 열어젖힌 물길 위에
아득한 천년의 햇살 염장鹽藏하듯 뿌린다

-《시조21》 봄호

붉은발말똥게
−강정 1

김영란

갑론을박 사각지대에

비워둔 말풍선처럼

불가피한 시간들이

뼈만 앙상해질 무렵

우,

두,

둑,

이빨을 갈며

집게발을

드는

너,

−《오늘의시조》

42

마음

김영재

연필을 날카롭게 깎지는 않아야겠다

끝이 너무 뾰쭉해서 글씨가 섬뜩하다

뭉툭한 연필심으로 마음이라 써본다

쓰면 쓸수록 연필심이 둥글어지고

마음도 밖으로 나와 백지 위를 구른다

아이들 신 나게 차는 공처럼 대굴거린다

－《시조21》 여름호

뉘엿뉘엿

김영주

머리 하얀 할머니와 머리 하얀 아들이
앙상하게 마른 손을 놓칠까 꼬옥 잡고
소풍 온 아이들처럼 전동차에 오릅니다

머리 하얀 할머니 경로석에 앉더니
머리 하얀 아들 손을 살포시 당기면서
옆자리 비어 있다고
여 앉아앉아
합니다

함께 늙어가는 건 부부만은 아닌 듯
잇몸뿐인 어머니도 눈 어두운 아들도
오래된 길동무처럼
뉘엿
뉘엿
갑니다

–《한국동서문학》 봄호

담쟁이

김우연

돌담 틈새를 따라
조용히 올라간다.

소리 없이 흐르는 강
순리의 길을 열 듯

앞길이 벼랑이라도
한 발 한 발 오른다.

하늘 향한 외로운 길
혼자서 걷다 보면

손과 손을 마주 잡고
함께하는 푸른 손들

끝내는 모두가 모여
푸른 강물 이룬다.

-《대구시조》 제17호

한몸

김원각

행복과 불행은 한 지붕 두 얼굴

불행을 쫓아내면 행복도 따라간다

두 가닥

잘 꼬인 새끼줄

마음 단단히 묶는 법

−《현대시학》 4월호

순천만

김윤숙

새 떼들

푸르게 내려앉은 오월 순천만

누구도 들이지만 함부로 못 돌아서는

차르르 벼리는 가슴, 비상을 꿈꾸었다

이명의 바람 소리 네가 나를 부르듯

갯벌이 뱉어낸 숨 강물처럼 차올라

일제히 날아오른 갈대

저 눈부신 날갯짓

–《시조시학》 가을호

풍경

김윤철

바람에 흔들리며
풍경은
껄껄 웃었다

제 자신을 때리며
언제까지
울 수만은 없었다

바람이 거세질수록
큰 소리로 웃었나

-《서정과현실》 상반기호

그대를 위한 만가

김의현

슬픔이 봄꽃처럼 하롱대며 내게 왔다
남은 날들 여전히 산처럼 첩첩하고
은닉된 시간의 밑그림 흐려져 희미하다

뜨겁게 치솟던 간헐천 같은 울음
뽑지도 못하는 생 가시가 자꾸 걸려
대답을 마련치 못해 먼 데만 보다 왔다

–《나래시조》 여름호

눈 오는 저녁의 시

김일연

어둠에 손을 씻던 맑은 날들을 길어

내 언제 저렇도록
맹목을 위하여만

저무는 너의 유리창에 부서질 수 있을까

무섭지도 않으냐 어리고 가벼운 것아

내 정녕 어둠 속에
깨끗한 한 줄 시로만

즐겁게 뛰어내리며 무너질 수 있을까

－《현대시학》 3월호

수국 꺾꽂이

김정숙

잎과 가지 사이 뾰족 돋은 아들 녀석
손 비벼 돋운 상토에 수국가지 심는 마음
튼튼한 뿌리 내려라 꼭꼭 눌러 덮는다.

깊은 건지 짧은 건지 독하지 못한 사랑
자를수록 더 크는 게 꽃가지뿐이겠냐
비 많은 계절을 빌어 수국가질 꽂는다.

－《제주시조시인》

가을 산길

김제현

'여기가 아닌가 보다'
'이 생生은 아닌가 보다'

중얼거리던 하늘다람쥐
어디론가 날아가고

누군가 부르는 것만 같은
가을 산을 오른다.

온 가을을 다 뒤져도
찾을 수 없는 이름이여

언제나 네 모습을
'찾게 될지, 찾기는 할지'

다람쥐 한 마리 갸웃거리다
씨익 웃고 사라진다.

─《유심》1월호

해운대 IV

김종

바다뿐인가
하늘뿐인가

바다 위에 하늘 위에
소문뿐인 구름인가

달 띄운 관자놀이에
밤을 새운 파도인가.

–《시조세계》 여름호

지척의 날에게

김종빈

먼지 풀풀 날리는 그 길을 걷고 싶다

몇 발짝 따라 걷다 주저앉는 누이와

꽃반지 만들어 끼고 콧노래 흥얼거리며

산허리 구름길을 뉘엿뉘엿 타고 돌면

손 까불며 반겨줄 보리밥 익는 냄새

오늘도 종일 끊겼을 인기척이고 싶어

그림자 홀로 길다 어스름 깔릴 때쯤

아득한 그 길 촉수로나 더듬어 가서

잡힐 듯 지척의 날에 또 하루를 보탠다.

−《유심》 9월호

어둠의 극점

김진길

바닥에서 옥상으로, 크레인에서 철탑으로
더 오를 곳이 없는 농성의 상승 고도
송전탑 주위를 도는 달을 본 지 넉 달째다.

그림자 기울기로 세속을 재는 사이
기약 없는 고착은 섣달 추위로 와서
외마디 생의 단말마 하늘길에 흩는다.

철탑의 종마루는 날개 꺾인 새들의 둥지,
아직 죽지의 꿈은 고공을 향해 있고
깃대에 상처를 감은 아우성만 펄럭인다.

어둠의 극점까지 빛살을 끌고 와서
지이잉 지이이잉 제 울음을 송전하는
저들이 몸을 태운다, 진눈깨비 친다.

─《시조시학》 봄호

꾸석

김진수

쩌어기, 내 마음에 딱 맞는 자리 하나
신문지 몇 장과 박스 두어 날 주워 오면
벽치고 자리를 깔아 하룻밤은 누이겠다

벽과 벽이 만났으니 모서리도 그늘 깊다
고단한 몸뚱아리 등 기대어 풀어놓고
세상은 병나발 안주로 곱씹으면 될 일이다

찰나의 빛이거나 볕이 들까 했던 자리
내려서면 영락없이 개밥그릇 자린 것을
멍청히 물고 뜯다가 이빨 빠진 내 청춘!

−《열린시학》 여름호

따뜻한 초승

김진숙

어둑한 귀갓길이 초승달 따라간다
오래 뜬 별 하나가 전조등을 켜놓은
하늘가 한 뼘의 거리
은비늘이 반짝여

고모 댁 불 꺼진 방
안부 살피던 이웃
복사꽃 청상의 그늘 혼잣말을 엿듣다
발걸음 차마 못 떼고
그렁그렁 뜨는 밤

제주 바다 물속 어디 당신 몸 뿌리셨나
배고픈 아우 찾아 떠먹이던 숟가락
열아홉 한 술의 온기
초승달이 떠 있다

－《시조미학》 하반기호

휴대폰교敎

김창근

신이 없다고 누가 감히 말하는가
언제 어디서나 지극정성 예배하는
열렬한 저 신흥종교의 신도들을 보라

첨단 경전을 잠시도 손에서 놓지 않고
신 나게 손가락으로 짚어보고 넘겨가며
주위는 아랑곳없이 넋 나간 듯 들여다보는

신의 음성 놓칠세라 연결선을 귀에 꽂고
접신을 했는지 실실대며 웃다가
뭐라고 중얼거리며 통성기도 바쳐대는

－《유심》 12월호

간이역

김해인

1
들 가운데 놓여야 제맛이 나는 것을

달맞이꽃 곁들이면 그보다 좋을 수가

한밤중
우편엽서를
바람 편에 붙여야지

2
그대를 생각하면 코스모스 떠올라야

그대를 생각하면 톱밥난로 떠올라야

철길은 들판에 누워
구름과 눈 맞추고

−《유심》 8월호

그 하늘 접은 메모지 한 장

김현

작은 새처럼 날개를 펴고 있는 포구
별을 기다리는 듯 조명이 흐린 별다방
예처럼 주황색 공중전화 아직 남아 있을까

마른 꽃 몇 송이가 엿듣고 있는 창가
차례를 기다리다 다이얼 돌리면
통화 중 신호만 울리며 멀어지는 수평선

못내 남기고 온 메모지 글씨인 양
봄바다 노을 속으로 날아가는 갈매기 떼
전할 말 남지도 않은 그 하늘 가끔 펼쳐본다

–《현대시학》 5월호

비행운

김호길

잘못 그린 세월이
새파랗게 질려 있는
지우고 다시 그리고 싶은
저 하늘 캔버스

그 심사 어떻게 알았나,
그대 가위질 하고 가네.

-《화중련》상반기호

가을의 속도

노영임

잘 벼려진 햇살이 예각으로 내리꽂힐 때

타오르는 노을 속에
가지 담근 화살나무

가을은 그 위에 얹혀
떠나고 있다.

쏜
살
처
럼

−21세기시조 동인 제5집 《하버드 양념 치킨》

사월 한낮

노중석

말발굽 소리도 없이 허공을 달려간 천마^{天馬}
그 길에 벚꽃 살구꽃 꽃구름이 일어나네
화창한 사월 한낮에 봄 내음을 흩어놓고

직지사 벚꽃 길 꽃들의 속삭임을
옥색 하늘 한 자락이 귀 기울여 듣고 있네
그 곁에 누군가 와서 채곡채곡 고요를 쌓고

–《시조미학》상반기호

봄비

리강룡

우수절 지난 때쯤 네게로 돌아오리라

그날 그 속삭임을 애물게 기억하여

절망의 빈산과 들에 불 지피는 이 하루

건너뛰면 빈말 될까 돌아가면 토라질까

손끝에 불을 켜고 천지를 흔드는 이여

눈물도 뜨겁게 흐르면 불이 되어 타겠네.

-《나래시조》 봄호

64

먼나무

문무학

멀리서 바라봐야 멋있게 보인다.
멀리서 봐달라고 먼나무가 되었을까
나무가 하는 생각을 사람들이 몰랐을까

잎보다 꽃보다도 열매가 더 고운 것은
겨우내 배가 고픈 새를 불러 먹이 되고
먼 곳이 그리운 심사 붉게 붉게 태우는 것.

네 꿈만큼 그만큼 나도 그리 가고 싶다
가고 싶은 그곳이 내 사는 곳 같을지라도
멀어서 아름다운 땅 새가 되어 날고 싶다.

－《시조21》 여름호

그대에게 가는 길

문수영

나뭇잎 출렁이는 들판
들개처럼 헤맨다
수만 개 은가루 되어 날리는 아지랑이
수없이
무너져 내린
정체 모를 모래성

그대 향한 이 길엔
불꽃도 연기도 없는데
왜 눈물이 나는 걸까 환히 빛나는 걸까?
언덕을
넘어왔건만
또다시 보이는 동산

-《한국동서문학》겨울호

친정 바다 7

문순자

동짓날 친정에 가면 콩점 치고 싶어진다
다닥다닥 콩꼬투리, 60년대 초가지붕
아버지 점괘에 기대
새해 농사 점쳤었다

수리대 반을 쪼개 그 안에 콩 열두 알
풍년의 기약마저 하룻밤 물속에 담그면
신새벽
엄쟁이마을
신이 다녀가셨는가

누가 당신 몸에 콩점을 쳤던 걸까
4·3 그 횟술도 걸러내지 못한 콩팥
반세기 세월이 저편
술렁이는 친정 바다

－《시조21》 봄호

여름 낮달

문제완

오지게 익어가는 저 뙤약볕 오이 좀 봐
구릿빛 얼굴에는 땀줄기가 샛강을 내고
울 엄마 한평생만 한 남새밭을 매고 있다

고향 떠난 자식 걱정 모래밥이 뭉클하다
부뚜막 언저리엔 늘 챙겨둔 밥 한 그릇
고샅길 끝날 때까지 목이 한 뼘 길어지고

파출부 일당으로 연명하는 막내딸이
동구 밖 낮게 떠서 핼쑥하게 내려본다
비루한 생의 허리가 꼭 너만큼 휘었다

－《시조시학》 여름호

68

섬 억새

문주환

어디서 어떻게 흘러들어 왔는지
아무도 본 사람도 아는 사람은 없다
언제나 홀로 일어서는 그 눈물 외에는

산벚꽃 지는 봄은 물안개로 피어나고
새의 무리 지나는 쓸쓸한 가을 허공에
몸으로 울어야 하는 가슴은 숨겨둔 채

사내는 늘 그렇게 잠겨 든 수심 속을
습관처럼 굳어지는 아랫도리 적시며
파도의 시린 기억을 더듬어내고 있다.

- 《정형시학》 상반기호

광장에서

민병도

구급차를 따라가며 또 하루가 저물고
시간이 멈춰버린 시계탑에 눈이 내린다
아마도 짓밟힌 꽃잎을 덮어주려나 보다.

하나둘 모여드는 얼굴 없는 군중 사이
바람은 돌아와서 제 과거를 닦는지
찢겨진 현수막 앞에 공손히 엎드린다.

"광장을 닫으려면 자유도 함께 닫아라"
누구도 소리 질러 외치지 못했지만
허공을 떠돌고 있는 뜨거운 목소리들.

그 누가 침묵더러 가장 큰 소리라 했나
하나 되기 위하여 건네주는 촛불 속에
밟혀도 밟히지 않는 발자국이 보인다.

—《유심》 3월호

벽송

박권숙

가슴에 보름달 뜨지 않은 지 오래
세한도 바깥으로 단 한 발만 내딛어도
탐라는 눈보라 치는 백 척의 간두였다

길이 다한 곳에서 길을 낸다는 것은
벽송이 외곬으로 생의 벼랑 견디듯이
결연한 붓 한 자루로 허공을 가르는 일

심화로 끓는 바다 먹 삼아 갈다 보면
멀리 김통정에까지 푸르청청 번진 불은
절해의 섬을 휘감아 추사체로 일어선다

–《시와문화》봄호

구급차, 그리고 가을

박기섭

구급차가 도착했다, 실려 온 생의 무게

의식불명의 차단기가 내려지고

다급한 세상의 길들이 희미하게 풀린다

이제 또 어떤 길이 길을 잡아당길 텐가

휠체어 사라져간 병동 속 환한 고요

무수한 링거병들이 가등처럼 떠 있다

그 오랜 집착마저 뭉개진 주차선에

생사의 두 바퀴가 엇갈려 접질린 날

서둘러 가을은 왔다, 일순 낯선 풍경이다

－《현대시학》 11월호

오래된 시장 골목

박명숙

누구는 호객하고 누구는 돈을 세는

양미간이 팽팽한 노점 앞을 지나는데

꽃집의 늦은 철쭉이 여벌 옷처럼 펄럭인다

가끔씩 여벌처럼 세상에 내걸려서

붐비는 풍문에나 펄럭대는 내 삶도

마음이 지는 쪽으로 해가 지듯, 저물 것인가

퍼붓는 햇살까지 덤으로 얹어놓아도

재고로만 남아도는 오래된 간판들을

쓸쓸히 곁눈 거두며 지나는 정오 무렵

-《유심》1월호

서귀포 바닷가

박미자

숭숭 뚫린 갯바위는 방게들 천국이다
무엇을 찾고 있나 바지런히 들락날락
저 멀리 바지선 한 척 머문 듯 지나간다

둥지 튼 서귀포에 사랑으로 빚은 꽃술
남덕 훌쩍 떠난 뒤로 빈 독엔 바람만 살아
못 부친 그림엽서는 색이 바래 다발지고

아침 바다 모래톱에 그려가는 선화線畵 한 점
발가벗은 아이와 실에 꿴 물고기도 함께
중섭은 고삐를 잡고 제주 바다 끌고 간다

−《유심》 12월호

불이不二

박방희

오리 서너 마리가 물 위에 동동 뜨네

고기를 뒤쫓으며 자맥질도 쏘옥쏘옥

두둥실
오리 그림자도
똑같이 따라하네

뒤쫓는 오리 주둥이
아슬아슬 벗어나서

허둥지둥 달아나던
물고기 한 마리는

아차차!
그림자 오리 부리로
사라지고 없네

−《시조세계》 여름호

목쉰 골목

박성민

저 개는 골목길을 꽉 물고 질질 끌어
전봇대 막다른 곳에 똥 싸듯 놓는다
녹이 슨 쇠대문 소리로
목쉬게 우는 개

세탁소와 연탄가게 문 닫은 지 오래된 길
해진 주머니처럼 골목길은 너덜거리고
담장에 말라붙은 빗줄기를
전생처럼 핥는다

저 개는 큰길을 넘보지 않는다.
내장 터진 강아지 보며 골목길에 웅크린 개
길에서 쫓겨난 골목은
문밖에서 덜덜 떤다

담벼락의 흉터들과 교미하는 햇볕 한 줌
대형 마트 전단지가 나뒹구는 골목길
덜 마른 시멘트에 찍힌

발자국을 핥는 개

-《시조미학》하반기호

파도에게

박시교

시퍼런 칼날을 수없이 들이대지만

번번이 베이는 건 자신의 가슴일 뿐

피멍 든 상처를 씻는 손길만 바쁘다

모래펄엔 잦아들고 절벽 만나 포효하는

뒹굴고 부딪치고 부서지는 저 몸부림

온전히 가둘 수 없어 망망대해 펼쳤다

일어서자,
일어서자,
하늘과 한판 붙자,

노도怒濤의 저 함성도 끝내는 잠재우며

먼 바다 심해深海의 울분 다 실어 와 눕힌 너.

-《정형시학》 하반기호

파적破寂

박연옥

올챙이 떼 왁자한 다랭이 무논 위로

하늘을 찌를 듯이 개개비 소리 날아가자

봄이다! 놀라 흩어지는 물에 비친 구름들

돌미나리 새순 위로 이슬 흠뻑 내려앉은

보이지 않는 아침이 파랗게 젖었다

민들레 하얀 목덜미 흔들고 가는 바람

–《문학선》 여름호

내 봄빛 용광로

박영교

네 맘을 달궈내는
난 네게 뜨건 풀무불
말없이 터져 나오는
봄싹들의 이야기 속
누 천길
낭떠러지 같은
두려움이 서성인다.

-《문장》 겨울호

굉轟

박영식

'평화호'로 명명命名된 제주 4·3공원에는
이륙 직전의 우주선이 터빈 윙윙 돌려댄다
그 굉음 너무나 커서 우리 귀엔 들리지 않는

사자使者로 배회하는 몸집 큰 까마귀 떼
승천 못 한 지하원혼 차례차례 호명한다
누적된 명부를 들춰 탑승권 부여하며

이 땅에 두 번 다시 궂은일 없기만을
북 치고 꽹과리 쳐서 몹쓸 기氣 몰아낸다
불화가 용해된 자리 오름 하나 생겨나겠다

–《울산문학》 겨울호

달빛 묵화

박옥위

마음이 울울한 밤 마당가에 나섰더니
달빛이 담벼락에 묵화를 치고 있다
구도를 잘 잡으려고 흔들어보고 있다

꽃가질 휘어놓고는 가만가만 그리다가
내 큰 키를 불러놓고 난감한 저 달빛
내 몸을 반쯤 접어놓고 붓질을 하고 있다

이런! 몸을 접다니 후딱 자릴 옮긴다
붓을 흔들면서 웃음보가 터지는 달
후후훗 나도 웃는다, 화안한 달빛 묵화

-《나래시조》 가을호

하늘재에서

박정호

고개고개
굽이굽이
걷는다는 건 숙명 같은 것

홀린 듯
쫓기듯
불혹을 지나가며

하늘재 이르러서야
한숨 놓네
살 것 같네.

외우 선 천년송 아래
뚝, 떨어진 솔방울처럼

돌의 무게로 앉아
바람의 넋을 풀어내는

이곳은 경계로구나
몸과 마음
너와 나의…

-《나래시조》봄호

풍선가게 허풍선 씨

박해성

사람 좋아 밸도 없다, 허수아비 풍선 아재
온몸으로 나는 연습 반평생을 바쳤건만
이따금 혼자 되묻는다
나 정말 날고 있나?

지상에 발이 묶여 휘청 휘청, 펄렁 펄러덩
숨 막히는 지구를 벗어나고 싶은 걸까,
날마다 하늘 쪽으로 헛손질에 애가 끓고
눈보라 치려는지 한랭전선 팽팽한 날은
깜냥껏 설설 기다 껌뻑 죽는 시늉도 하지
한세상 미친바람에도 늘 물컹한 저 춤사위

더러는 비굴하다 손가락질 하더라만
허기도 모르는 그대 쉬잇,
입 다물라!

맨주먹 불혹의 가장, 툭툭 털고 일어선다

　－《서정과현실》 상반기호

86

목포항에서

박현덕

목포항 허름한 여관 불 끄고 누워보면
익숙해진 어둠이 물살을 더듬다가
마음의 한쪽 긁어내는 파도를 몰고 온다

가위눌린 꿈들을 여관방에 남겨두고
선창 어귀 혼자 앉아 담뱃불을 붙일 때
아득한 전생前生의 꿈인가, 용골龍骨*이 나를 본다

미싱 소리 하나 없이 별을 박은 밤하늘
나는 문득 부표처럼 흔들리다 돌아와
창문에 흘러든 바람의 주름살을 읽는다

–《유심》2월호

* 선박 바닥의 중심선을 따라 설치된 길고 큰 재목으로 배의 등뼈 역할을 한다.

쩡쩡대는 아우성

박희정

그리움의 둘레는 메마른 지 오래다
초점 잃고 떠다니는 얼음조각 부셔놓고
북한강 느티나무 안고 내 속을 쏟고 싶다

맵찬 꽃샘추위에 당신은 돌아서고
키 낮은 나무마저 냉기로 가득하다
또다시 오지 않는 계절, 결빙의 시간이다

무언에 더 가까운 까칠한 인연이란,
한 숨 바람이었다가 요뇨한 빗줄기였다
양수리 꽝꽝 언 아우성
우수憂愁에 더 요란한,

−《문학청춘》 가을호

이명

배경희

밤이면 귀에서 자꾸 소리가 나는데요

바람 소리 빗방울 떨어지는 소리가요

의사가 귓속을 본다

미궁에 빠졌군요

가끔씩 우울한 냄새들도 나는데요

그럼요, 잡념이 괴면 고요조차 썩어요

쉬세요 내려놓으세요

그곳도 길입니다.

-《나래시조》 겨울호

시래기 마른 손가락

배우식

팔순의 어머니가 들창문 밖 팔을 뻗어
허공에 가지런히 손가락을 올려놓는다
흙벽에
붙어 있던 어둠이 흠칫 놀라 떨어진다

고치 같은 햇빛 집이 한 개씩 들어있는
손가락 그 끝에서 한 올을 잡아당기면
어머니
햇살이 풀려나오고 새벽이 살아난다

가야금 소리처럼 퍼져오는 내 안의 빛
애끓는 속눈물로 뼈마디 녹였음을
이 겨울
비로소 알아내곤 눈시울을 적신다

부서질 듯 오그라진 손가락 한가운데
바싹 마른 울음소리 조심스레 벗겨낸다
켜켜이

쌓인 그리움이 나를 물고 놓지 않는다

-《오늘의시조》

지고 온 소금가마

백이운

산에서 내려온 사람 바다에서 올라온 사람

구절양장 길을 돌아
지고 온 소금가마

무엇을
바꾸려 했는지
까맣게 잊고 섰네.

－《시조세계》 봄호

부부라는 이름의 詩

변현상

대학병원 폐암 병동 금연 구역 휴게실

대롱대롱 매달린 링거병을 팔에 꽂은

중년의 야윈 남자와
휠체어 밀던 아낙

깊은 산 호수 수면 그 잔잔한 표정으로

담배를 꺼내 물곤 서로 불을 붙여준다

주위의 눈길을 닫는
저 뜨거운
합일슴ㅡ!

－《시조21》 가을호

젖은 핸드랩*을 위한 시

서숙희

복싱 체육관 앞에 널린 젖은 핸드랩
캄캄한 글러브 속
거친 꿈을 움켜쥔 채

온몸이 상처투성이다
올이 다 풀려 있다

두들길수록 그만큼 샌드백은 질겨져도
청춘의 맨 앞은
주먹 두 개로 붉으니

승부는 끝나지 않았다
쳐라,
젊은 복서여

−《시조시학》 가을호

* 권투 글러브 안의 손을 보호하기 위해 감는 붕대.

꽃의 윤회

서연정

끊기었던 안부를 뜻밖에 이어주는
한 줄의 그리움을 검은 흙에 심는다

문門 너머 바다를 품어
파도치듯 피는 꽃

뿌리에서 열매로 몇 생生을 밝혔을까
인연의 진한 빛깔 눈망울에 고인다

핏줄에 서늘한 향기
아로새겨 피는 꽃

-《열린시학》봄호

병산 우체국

서일옥

이름 곱고 담도 낮은 병산 우체국은

해변길 걸어서 탱자 울을 건너서

꼭 전할 비밀 생기면

몰래 문 열고 싶은 곳

어제는 봄비 내리고 바람 살푼 불더니

햇살 받은 우체통이 칸나처럼 피어 있다

누구의 애틋한 사연이

저 속에서 익고 있을까

-《서정과현실》 하반기호

윷놀이

서정택

치자 향 풀풀 내며 내려앉는 함박눈

넉가래 손잡이를 매만지는 잡부 앞에

김 서린 비닐하우스 노란 오이꽃이 핀다

하루치의 일당과 한 켤레 털신을 위해

살얼음 얇은 눈이 안 녹은 듯 녹은 내를

우리는 해진 발 대신 신을 들고 건넜다

이제는 갈라지고 자꾸만 터지는 손

칼바람 밀쳐내며 어딜 향해 뻗는지

던지는 나무 윷가락 모였으면 좋겠다

-《나래시조》봄호

봄, 리폼

서정화

바늘 끝에 실을 물고 시침하는 보슬비
실표 뜨기 점선 따라 가위로 재단하듯
도처에 처진 어깨들 솔기 터서 가봉한다.

겹침 많은 굴곡에 얽혀 감긴 상처들
매만지고 보듬으면 주름도 꽃이 되는
이제 막 자켓을 입은 봄이 성큼 걸어간다.

–《나래시조》 봄호

문진文鎭 돌

선안영

흙 속에 반쯤 묻힌
돌을 주워 바라본다

주먹을 불끈 쥐다
다시 푸는 심장 같다

묻혔던 시간의 물기가 마르는 그 사이

우리는 이생에서
긴 그림자를 펄럭일 뿐

낙과처럼 잠들은
도망치고 달아나며

활활활 흰 종이 타는 냄새가 자욱하다

오래도록 열어놓아
아귀가 뒤틀린 문

내 안에 짧은 봄의
얼룩이 나를 붙들었다

차가운 네 심장을 들자
묶인 날들이 날아간다

    －《문학의오늘》 겨울호

옷

손영희

1
문득 뒤돌아보니 누가 거기 걸려 있다
복사된 몸을 입고 두 손을 늘어뜨린 채
방석을 들이밀면서 손 내미는 저 벽

휘적휘적 밤길 걷던 파도 소리 들리고
골목 어귀 쓸쓸함도 뒷모습에 배어 있다
쉴 곳이 거기라는 듯 단호하고 숙연하다

2
뒤척이는 나 때문에 실밥이 터졌구나
별리에 우는 나를 달래느라 색을 버렸구나
옷이여, 나는 언제 너처럼 편하게 낡아갈까

– 《서정과현실》 상반기호

쯧쯧쯧

손증호

'너, 언제 철들래'
쯧쯧쯧 혀 차는 소리

아직은 설익어 못난 짓 밉다 해도

쯧쯧쯧
밥물 잦는 소리
뜸도 금방 들겠지요.

─《개화》

숲길 산책

송선영

편백이 하늘에 그린, 지도에도 없는 해협

멧새 몇이 오면가면 날갯짓해 훔쳐쌓더니

없는 듯
은빛 나룻배 한 척

푸른 해협 건너가네.

-《시조세계》 봄호

춘분

송인영

밀물지는 빛의 꾸리 타래타래 풀린다

상강서 우수 지나 걸어오는 나무들

어둠은 지레 놀라서 푸른 숨을 뱉는다

－《화중련》 상반기호

맨드라미

신강우

성이 난
투우의 뿔을
잔뜩 세운다

허기진
늙은 악마
혓바닥 날름댄다

태양의
가슴을 겨눈
큐피드의 독화살

−《월하시조》 제20집

바람의 시

신필영

벌판에 집을 짓는 바람 너는 유목민이다

야크 떼 몰고 가는 카라반의 사내이다

절망의 산맥을 넘으며 발바닥에 물집 잡힌.

어딘가에 꽂아야 할 깃발을 펄럭이며

길이 없는 곳에 길을 내며 가는 먼 길

끝끝내 돌아서지 않는 너의 뜻은 화살 같다.

때로 포효하며 바다를 뒤엎지만

유랑을 즐겨하는 어느 지사 입술을 빌려

한 가락 피리 소리로 닿고 싶은 가슴이 있다.

－《시조시학》 가을호

갈대숲에서 읽다

양점숙

그림자를 흔든다 바람도 때론 외로운가
무작정 나선 길 하늘은 쪽빛에 젖어
발밑이 푹푹 빠진다 어떤 사연 묻혔을까

허공에 마음 준 새 전할 말씀 무엇일까
눈물고름 얼룩얼룩 적셔가던 이야기도
그 품속 꼭 안아주면 정 아니면 그리움일까

등이 굽은 갈대 그림자를 데리고
이렇게 사는 거라 흔들리며 사는 거라
할애비 만평 울음에 우수수 언 볼 비빈다.

-《시조21》 봄호

겨울 적벽

염창권

칼 맞은
상처가 절벽에 낭자하다.

저 벼랑의 처참을 바로보지 못한다. 아래엔 물 메아리 감감 돌아 꾸렸으니 누군들 마음을 꺼내 피륙을 짜나 보다. 긴 불면의 내장을 도려 절벽 하나 마주칠 때 발바닥이 밀고 가는 수평 밑은 칼날이다. 오래 널 기다렸다 한 곡조 우려내니 얼음장 위 비상 같은 흰 눈발이 구른다.

한 소리, 강 건너고 있다

울울탕탕 허방이다.

−《내일을여는작가》상반기호

고추잠자리 18

오승철

올 추석엔 고향에 돌아오지 않았네
가을도 청명한 가을
떠 흐르기 딱 좋은 날
차례상 서성거리는 며느리밥풀꽃같이

서너 군데 친척집 돌아 종손집 모여들면
물 건너, 이승 건너 두런두런 빈자리
옥돔에 돗궤기적갈*
아니 오고 배길까.

–《유심》11월호

* 돼지고기 산적.

어머니의 가을

오영빈

어머니의 가을은 종일 배가 부르시다
벼 베기 새참에도, 밥 생각이 통 없어야
저녁에
푸성귀 얼지에
많이 묵을란다

어머니는 콩 타작에 인기척도 모르신다
헛기침 앞세우고 안골 아재가 들어와도
삼매에
빠진 저 일손,
눈귀가 다 어둔께…

어머니의 머리 너머 대봉감이 익어간다
왕소금 햇살 뿌리는 늦가을 끝물 공양
스민다,
살진 과육에
단맛이 스미것다

－《가람시학》 제4호

겨울 백서白書

오종문

헛헛한 눈송이들 저녁 행간 처박힐 때
모든 게 후회였고 게으름은 배후여라

그것들 멱살을 쥐고

혹독하게 매질하라

두 발에 밟히는 것 아프다고 소리 할때
사는 일 마음공부 더불어서 돌아보라

사족은 다 발라낸 뒤

곧은 뼈로 빛나거라

좋은 말 건진 시詩들 알몸으로 내보일 때
칼바람이 지우는 길 환한 눈꽃 피우거라

절창의 큰 울림 주는

책이 되어 남으리라

－《시조21》 봄호

취업일기

옥영숙

스펙으로 무장하고
정규직을 구하던
아들은
스물네 번의 고배에 고개 꺾여
청춘을 감춰둔 죄 하나 들킨 듯 모로 누웠다

살과 뼈에 속속들이 땀과 눈물을 섞어
시장에 내다 팔
자기소개서에 옷을 입혀
떨이요,
떨이를 외치는
목젖이 부어올랐다

그저 한번 훑어본 후
흑백이 구별되고
삭제되는 이력 앞에
눈을 비비고 비비며
전송된

합격자 메시지에
목 언저리를 만졌다

－《서정과현실》 하반기호

시뮬라크르

우은숙

기억의 집합체가
생이라고 한다면

기억에서 사라진 나
있거나 혹 없거나

인공이 판치는 세상
실체는 사라지고

나 지신도 가짜다
허울만 펄럭인다

자작나무 그 밑에
굵은 생각 그 속에

냉철한 안과 밖 세상
복제를 꿈꾸고 있다

-《시조세계》 봄호

나주볕,* 길다

유동순

고요히 한 호흡에 한 생을 들이쉬면

깔칠한 손바닥에 푸른 이끼 돋아난다

한평생 보드라웠을 어머니의 하얀 속살

뜨겁게 울다 가신 억척스런 껍질이여

하얗게 비워진 허공과 허공 속 경계

해독이 불가한 X파일 저 묘비에 꽂힌다

─《열린시학》 봄호

* 저녁 햇빛.

춘도椿島에 가면

유병옥

울주군 온산 앞바다
네 젊은 춘도에 가면

내 몽정夢精의 흔적들은
옛정에 몸져누웠고

공단 불 칭얼거려서
늙은 동백
서럽더라.

–《시조시학》 봄호

산수유는 피어서

유영애

실로폰 두드리듯 실개천 풀리는

입덧 같은 산수유 하늘까지 물들이면

해마다 도지는 봄앓이 나는 또 열일곱이다

곰삭은 슬픔이란 때론 꽃밭이어서

수직으로 내려오는 햇살에 내놓으면

내 몸을 질러온 터널, 어지럼증 저 꽃사태

－《시와문화》 봄호

다음에

유자효

'다음에' 없는 것이 얼마나 많은지

헤어지고 죽어버리고 잊혀지고 다시 못 보고

얼마나 많은 것인지

다음에는 없는 일

-《펜문학》 7/8월호

내간체內簡體로 읽는 봄

유재영

닫혀진 여닫이문 금방 누가 들어간 듯

흰 고무신 벗어놓은 남향집 건넌방

신생아 울음소리에 봄이 살짝 젖습니다

이맘때 햇빛들이 벌 떼처럼 모여들어

세상일 궁금한지 삭은 뼈도 뒤척이는

무덤가 나생이꽃이 촛불처럼 밝습니다

옛사랑 수틀 속에 부리 맞댄 고운 새가

하늘 깊이 날아가 물어 온 어린 별을

꼭지째 가슴에 품고 또 하루를 보냅니다

　　－《유심》 5월호

겨울 당나귀에서 봄 당나귀로

유종인

건초가 허밍이면 생초는 육성肉聲일 게다 샛강의 너테들이 얼금덜금 풀려갈 때 해묵은 봇짐이 쏠리던 너덜겅이 떠오르네

금이 간 김장독을 파내어 깨쳐서는 햇빛 속에 사금파리 마방진魔方陣을 펼쳐놓고 군둥내 나던 말들은 햇것으로 맞춰보네

방울도 다시 차고 시샘도 다시 고르고 술독에 용수 박고 새로 뜬 됫병 술을 새 주인 봄의 안장에 곁두리로 매달려네

솟구치는 목청들과 꺼져가는 탄식들, 근심이 사는 마을과 꽃들의 들판 지내 해거름 발목이 접질려 시詩의 마을에 닿겠네

－《시조세계》 봄호

살구꽃이 필 때

유헌

창호지 문살에 살구꽃이 피나 보다

잎보다 먼저 걷는 연분홍 발자국들

휘영청 갈래꽃부리 보름달이 피고 있다

손 내밀면 잡힐 듯 간절함 딛고 서서

가지마다 보릿고개 힘들게 매달았다

연초록 풋살구 한 알 기어이 떨어진다

초가지붕 처마 끝에 눈물방울 맺혀 있다

서나서나 물이 드는 주홍빛 늙은 눈빛

고향 집 어머니 얼굴,

석양처럼 서럽다

－《시조시학》봄호

침묵

윤경희

오래 비워둔 집, 먼지를 닦는다
경계를 다 지운 듯한 마른 것들의 침묵

훔친다, 무수히 잠든
정적의 오랜 발자국

물기 묻은 마룻바닥 온기들이 찍혀서
죽은 먼지들과 젖은 걸레로 누워

천장 밑
촘촘한 거미집
설렁줄을 당긴다

-《시조21》 가을호

낮달 또는 수월관음도

윤금초

#1
옥판선지 속 빛 같은 문기文氣 어린 공중 거기
해거름 낮달 한 채 양각으로 돋아 있다.
허공은 무젖은 화첩, 숨결 소리 들려온다.

#2
이따금 비늘구름 미점산수米點山水 그려놓고
풋잠 깜박 들었다가 한껏 부푼 구름 일가一家
빛바랜 수월관음도가 저 달 위에 내걸린다.

#3
목화구름 반쯤 비낀 하늘 가녘 벗겨나 내고
소리 먼저 길을 트는 금시조가 나는 건지,
때로는 십이파필十二破筆* 긋고 항적운이 번져간다.

#4
앙감질 하다 말고 일몰 또한 멈칫거리는
만 리 밖 적막을 흝는 안항雁行의 그림자들

화첩 속 일흔 날 이생이 꿈결엔 듯 머흘다.

-《유심》 12월호

* 동양화에서, 붓끝이 열두 갈래로 갈라지게 하여 그리는 필법.

유가사 첫봄

윤채영

스님의 목탁 소리 하늘까지 닿았는지

절집 마당 가득 별들이 놀러 와서

영춘화 꽃잎마다에 이슬을 달아준다

남풍도 상냥해라 제집인 양 찾아들고

새벽은 희뜩이며 종아리를 내보인다

잰걸음 치며 오는 봄, 아리따운 홑적삼

-《시조시학》 여름호

성냥

이광

모처럼 보는 김에 한 개비 그어볼까
제풀에 꺼질세라 두 손 모아 감싸 안고
불새로 반짝 타올라 날아가게 해줄까

지나간 한 시대가 늘 가까이 지니던 것
할 일을 앞에 두고 뒷전으로 밀려난 뒤
제 한 몸 사르지 못해 속만 바짝 타고 있다

뭐든지 원터치로 거침없이 짓는 매듭
이런저런 손놀림이 쓰임새 잃은 요즘
불붙일 꿈을 묻은 채
손이 여럿 숨어 산다

－《나래시조》봄호

128

시크릿 다이어리
-남해

이교상

어디론가 사라졌다가 반짝반짝
다시 떠오른
짙푸른 섬 하나를 애첩으로 품고 싶다
내 앞섶 아주 얇게 펼쳐
바다가 되고 싶다

문자차단 수신거부 세상을 내려놓고
무인도 그 끝에서 더 붉어진 노을처럼
여릿한 그리움을 닦는
발신인이 되고 싶다

안개는
문밖에서 오랫동안 서성였다
갈매기 알詩들이 부화하는 저녁이면
가끔씩, 나도 날 볼 수 없어
섬의 배후가 된다

-《시조세계》 봄호

골목 풍경

이남순

남은 한 집마저 겨울비에 문 닫았다

북적대던 발길들이 뚝 끊어진 먹자골목

큰길가 유리 대문만 밤낮으로 번뜩이는

응달에 늘 빙판이던 햇살들 일 없는 나날

내리다 만 셔터 아래 나뒹구는 고지서들

추스릴 마음도 없다. 진눈깨비 치고 가는

끝끝내 떠나지 못한 너테 위에 비닐지붕

불황의 안개 속에 미등처럼 흔들린다.

우리네 가눌 수 없는 그림자만 기어드는

－《시와문화》 여름호

난중일기 1
-통영 세병관에서 적조를 아룀

이달균

대감, 그곳 소슬한 청죽바람은 여전하온지요? 전하께옵서 기우제 드린 소식은 접했으나 이 남도 균열의 대지엔 미금만 풀썩입니다.

삼복염천을 나면서 이렇게 지필묵 놓고 글 올리는 이즈음이 매양 우울해서인지 한여름 고뿔이 찾아와 요 며칠 고생 중입니다.

문득 임진년 대승첩이 떠오릅니다. 아무리 왜적이라지만 떠오른 주검 앞에서 승전의 축하일배주는 허할 수 없었나이다.

오늘 한산 바다는 동백이 지고도 한참, 다홍빛 저 붉음을 어찌 꽃답다 하겠습니까. 떠오른 고기들의 울음이 놀빛인 양 서럽습니다.

두창 뒤에 따라온 검붉은 호열자처럼 창궐한 떼죽음을 어찌 필설로 다하오리까. 이럴 땐 목민의 자리가 죄스러울 뿐입니다.

세월을 당겨서 은하도 가까워진 오늘, 저 붉은 볏살을 대적할 무기가 벽방산 무릎을 파낸 한 줌 황토뿐이라니.

한차례 태풍이라도 다녀가시면 모를까 의서에도 이 병의 처방이
묘연타 하니 이만큼 차오른 울화만 다독일 뿐입니다.

－《유심》 10월호

꽃설기 뜸 들다

이두의

산 그림자 내려앉아 숨 고르는 호숫가에
여문 햇살 겹겹으로 불러들인 우듬지마다
물오른 봉긋한 가슴 사부자기 문을 연다

젖은 시간 아지랑이로 모두 묶어 말아 올리고
가시덤불 요요하게 날아 넘는 찬연한 나비
날갯짓 그 너울 따라 하늘 한끝 흔들린다

너비바위 틈새에서 발서슴도 잦은 가락
빈 하늘 바라보던 눈물 묻은 홀씨들도
에움길 돌고 돌아와 꽃으로 피어난다

사운대는 마파람이 용담 덩굴 비집고 든다
봄 시루 안다미로 너볏하게 찰랑대며
꽃설기 부푼 층층이 싸목싸목 익어간다

－《열린시학》 연간집

134

따뜻한 유산

이보영

가난도 행복으로 부화되던 어린 시절
좁은 고샅길은 나만의 사랑터였다
업히면 참 편안했던 아버지의 넓은 등

말이란 날개가 있어 말조심을 해야 한다
교훈으로 주신 말씀은 채석강 층계가 되어
주름진 세월을 돌아 다시 찾은 고향 마을

앞 샘泉도 사랑채도 시멘트 길이 나고
그 골목 어디에도 그 말씀은 이제 없다
따뜻한 아버지 유산 환청으로 들려온다.

–《정형시학》 하반기호

납매臘梅

이석구

발자국 꾹꾹 찍힌 얼음장 풀린 뒤에 당신과 내 그림자는 물에 뜬 꽃잎 한 점
　속눈썹 파르르 떨며
　어디에서 꽃 피우나

바람구멍 숭숭 뚫린 끝물의 붉은 매화
　큰 돌 작은 돌이 에워싼 강물 소리 꽃망울 가운데 놓고 누가 먼저 향을 받나

　-《시조시학》 가을호

피아노가 있는 방

이송희

남자의 소리는 오래도록 닫혀 있었다

새들의 지저귐을
새장 속에 가둬둔 방

복도엔 긴 널빤지만
덜컹대고 있었다

남자의 손 마디마디, 매듭으로 핀 침묵

그 속에 갇혀서
그는 길을 잃었을까

누군가 부러진 길을 맨발로 걸어간다

오선지에 그리던 밤이
소복소복 쌓인다

추억을 두드리며 내리는 겨울비

손톱은 낮은음자리,
낮달로 돋아난다

−《나래시조》 봄호

비보호지대

이숙경

눈 한 채 실은 버스 바람언덕 올라간다
그윽이 꿈꾸다 홀연히 깨어난 사내
우묵한 눈자위 비비며
좌회전 따라간다

미어지게 설핀 겨울 발부리에 뒤채어
늘 혼자 서성거리다 한잠 드는 골목길
열두 시 시침을 뽑아
긴 늪에 내던진다

탄알처럼 쟁여둔 말 녹슬어 푸른 방
파란만장 등 자국 중첩된 벽 기댄다
구부려 살지 말라고
몸 달구는 환한 등

–《시조21》 가을호

서운암 야생화

이숙례

들꽃의 고운 미소 지녀 갈 수 없는 걸까

잠자던 골바람도 허리를 길게 펴고

하늘가

꽃물 들이려

울리는 범종 소리

계곡에 갇혀 있던 단단한 돌이불 걷어

야생화 반야경을 새길 수는 없는 걸까

남몰래

앓는 꽃멀미

이마 짚는 산안개

-《열린시학》 여름호

풍경 2013

이승은

1. 그 여자

망원시장 좌판에서 노가리를 구워 파는,
갓 마흔쯤 되었을까 팥죽빛 볼그늘에
어리는 작은 숟갈들 그림자가 넷이라고

정작 있어야 할 큰 숟갈이 없고 보니
덜어낼 부끄럼이 어디 따로 있겠냐고
객꾼들 객소리 들으며 잔술까지 팔고 있는,

2. 금화시범아파트

북아현동 언덕배기
반세기 전 시범아파트
한사코 시내 쪽을
기웃대는 내리막길
빳빳이 마른 빨래가
빨래집게를 물고 있다

3. 점집

두 켤레 하이힐에 단화가 서너 켤레
굽이 낡은 채로 가지런한 아래쪽에
다급히 벗어 던진 듯 슬리퍼가 한 켤레

4. 숙제

빠끔히 문을 열고
이쪽을 보는 아이
아성다방 미스 홍이
홀로 낳아 기른 아이
여닫이 유리 문짝을
여닫으며 크는 아이

－《다층》 가을호

돌탑

이승현

돌탑을 허물다 보면
들리는 무엇이 있다

돌과 돌 층간 사이 흐르는 빛의 여울

활 없이
속내를 켜는
큰 산, 먼 강물 같은……

점이면 점 하나로
선이면 선 하나로

햇빛과 장대비로 덧칠하며 쌓아왔던

살아온
이력만큼만 들을 수 있는 그런 소리

가슴속 말간 물로

돌탑을 풀 줄 알면

돌 하나 내릴 때마다 산 하나가 다가와 앉고

바람도
탑돌이 하다
듣게 되는 제 목소리

-《현대시학》 6월호

퇴근길 리포트

이영필

버스를 기다리는 김밥천국 정류장 앞
입 다문 아우성이 거리를 가득 메워도
분주한 삶의 뒤편엔 공복만이 느껴져

세모에 가로수마다 혈관처럼 감긴 전선
수천 개 꼬마전구 불꽃쇼 펼쳐 보여도
오가는 무반응 관객 발바닥이 시리다

국적 불명 입간판을 초승달이 읽고 있다
팍팍한 세상 속에 시간을 구겨 던지며
병목의 로터리 차들 강강술래 끝이 없다

－《유심》 11월호

낭태 浪太

이옥진

자갈치 난전에서 만 원어치 낭태를 샀다
경골어류 횟대목 양탯과의 바닷물고기
도마에 올려놓아도 지느러미 빳빳하다

부릅뜬 두 눈에다 등뼈까지 꼿꼿하다
하지만 적멸에 들 생선의 퍼런 운명
겁 없이 칼을 들었다 아버지가 그랬듯이

어쩌면 너와 나도 난전에 팔려나와
하릴없이 도마 위에 던져진 게 아닐까
뱃속엔 눈먼 고기 한 마리 아직 그냥 있는데

–《스토리문학》 봄호

동백꽃

이우걸

1

나도 한 번쯤은 부르고 싶은 이름이었다

누천년 바닷물이 깎아 세운 절벽 앞에서

제 젊음

다 꺾어 들고

낙하하는 저 순명을.

2

엄동에도 살아 청청한 아름다운 메타포여

벼린 검처럼 서슬 퍼런 잎 사이로

농염한 입술을 내미는

아, 남도의 그리움.

-《현대시학》 1월호

뒤뜰에는 갈잎

이일향

앞뜰에는 꽃이더니
뒤뜰에는 갈잎이구나

귀밑머리 검더니만
흰서리 뒤집어쓰고

찬 바람 시린 어깨에
외로운 꿈 덮는다

달 뜨면 창문 열고
기다림도 있었더니

긴 밤을 지새도록
바람 소리만 지나간다

잎이 진 나뭇가지에
까치 울음 남기고

－《시조미학》 상반기호

막, 눈 틔운 잎

이자현

당신의 눈짓을 가끔은 받고 싶어요
흘러가는 구름처럼 헛되면 또 어때요
조각난 상처와 꿈을 불러 모아주세요

아시나요, 당신이 앉았던 자리마다
꽃들이 피어나고 별들이 돋았어요
당신은 그런 사람입니다
마술 같은 사람입니다

당신의 칭찬을 가끔은 받고 싶어요
때로는 능청스레 바람인 양 다녀가지만
보세요, 우리 사랑이
막, 눈 틔운 꽃잎을

-《시조시학》 여름호

옹벽

이정환

너를 볼 때마다 생각난다, 김호길 박사
생명을 받쳐주는 버팀목이 아니라
죽음에 이르는 길을 선뜻 일러준 것을

공을 뒤좇아서 그가 내닫던 순간
너는 네가 가진 가장 끔찍한 힘으로
머리를 들이받았다, 한 사람의 전 생애를

아랑곳없이 아직 그 자리 버티고 선
너를 볼 때마다 생각난다, 끄트머리
번갯불 내리치듯 한 목숨의 홀연함을

−《나래시조》 가을호

아무리 우겨봐도

이종문

공중목욕탕에서 목욕하는 사람들은

발목에 하나씩의 족쇄를 차고 있고,

바로 그 족쇄 고리에 열쇠 하나 달렸다

그 열쇠 구멍 속을 가만히 들여다보면

눈에 잘 뵈지 않는 끈이 하나 묶여 있고,

그 끈을 따라가 보면 자물통이 나온다

그 자물통 열고 보면 구두가 놓여 있고,

걸려 있는 옷가지에 지갑이 들어 있고,

카드와 신분증들이 줄줄이 다 나온다

나 완전 해방이라고 아무리 우겨봐도

구두와 옷가지와 그 귀여운 妻子까지

발목에 묶어놓은 채 등을 미는 것이다

－《시조시학》 가을호

독필禿筆

이지엽

붓으로 치자면 나 이제 독필禿筆 되리
매끄럽고 조심스레 늘 다듬어 왔으니
조금은 비뚤어지고 못생긴 것 예 담으리

필선筆線에 농담과 넉살을 붙여가며
거칠고 투박하게 굴기도 하면서
때로는 아예 선 끊어 겨울처럼 외로워지리

그 행간에 갇힌 절망이 다른 절망에게
분명한 윤곽으로 살아가길 원한다면
비백의 끊긴 길이라도 절벽으로 나 남으리

−《시조21》 가을호

철원여인숙

이태순

북으로 난 3번 국도
봄물 든 기차 소리

평화이발관
철원여인숙
틈새 낀 옛날다방

봄빛을 찍어 바르는
연분홍 치마 끄는

연둣빛 눈두덩이
마담 아직 있을까

한 스푼 푸념 저어
염문 찰랑거리는

그곳이
어디쯤일까

봄날 다 가는데

-《시와소금》 여름호

누수

이태정

며칠째 화장실 세면대가 새고 있다

낡은 배관에서 삐걱거리는 소리들

어머니 마른 뼈에서도 그 소리가 들렸다

여자의 미소 잃은 벌어진 입가에

뜻 모를 옹알이와 침이 흐를 때

한 생이 아랫도리 다 적시며 주책없이 새고 있다

새는 것이 이토록 뜨거운 줄 몰랐다

어금니를 깨물며 녹슨 몸을 닦는데

울음보 터트리면서 오늘은 내가 샌다

－《애지》봄호

천불천탑

이해완

자네, 천불천탑을 운주사에 가야만 본당가
내 눈엔 천지사방이 다 천불천탑이데
궤짝에 지성으로 쌓아 올린 저 사과도 천불천탑이고
저기 저 리어카에 폐지 주워 쌓아 올린 것
저것이 천불천탑이 아니면 뭐랑가
부처님 마음으로 보믄 다 천불천탑이제
그런다고 사람들 일만은 아니제
가지에 찢어지게 매달린 저 홍시
저것은 감나무가 쌓아 올린 천불천탑 아니겠는가?

-《유심》 4월호

태풍
―편백나무 숲에서

이행숙

잡초처럼 살 걸 그랬어.
큰바람 불 줄 알았으면

허리는 꼿꼿하게
이파리는 뾰족하게

세상에 나를 알리려 땅 깊은 곳 못 보았지.

바람 불면 엎드려
땅의 말도 들어볼걸

뿌리를 더 깊게 뻗어
안으로도 흘러볼걸

태풍에 꺾이고서야 눈이 번쩍 뜨였어.

―《현대시조》 여름호

다운동 고분

임석

돌부처 작은 손에 움켜쥔 천년 세월
반석 위에 귀를 대고 범종 소리 엿들을 때
아득한 선사의 자취 숨결처럼 다가온다

손삽에 무게 실어
퇴적층 파고든다
땅속에 묻힌 증언
파편으로 일어서고
돌쩌귀
환한 이음새
그 원시도 빛난다

옹관에 잠든 영혼 눈물 도는 사금파리
왕조의 도읍지를 지표로 남긴 연당蓮塘
쓰다 만 국사 편찬서 손끝에 와 잡힌다

―《시조시학》겨울호

도화역 桃花驛

임성구

오월로 뛰어가는 김천하고 어디쯤에

복사꽃이 피었다, 흰 눈 펑펑 내리는 날

기차가 그냥 지나쳐도

손 흔드는 간이역

내일이면 지워질 이 역에서 쓰는 편지

반쯤 고개 내민 복사우체통 비둘기

천년을, 또 천년을 향해

눈꽃 경적 울린다

-《시조21》여름호

달의 문장

임영석

흰 종이에 검은 먹물 찍어 바른 글씨처럼
달빛은 그 반대로 제 몸을 양각하듯
빛나는 문장 하나를 어둠 속에 새긴다.

세월의 동서남북 어디서 바라봐도
사람 사는 이 세상을 한 글자로 말했는데
읽는 이 마음속에는 만 갈래로 나눠진다.

아마도 달의 문장 새겼던 그 사람도
만 갈래 생각들을 한 글자로 말할 때는
아무도 모르는 눈물 만 번쯤은 삼켰으리.

–《나래시조》봄호

천마산 딱따구리

임채성

인적 끊긴 저문 산을 누가 저리 울리나
헤프게 옷을 벗는 나무들을 매질하듯
일 초에 대여섯 번씩 제 머리를 찧는 이

가을은 불에 탄 채 지상에서 내쳐졌다
바람결에 나뒹구는 빛바랜 항복 문서
위안부 소녀상 눈에 별빛이 아롱진다

새알도 바위를 깨는 은유의 몸짓으로
다시 서는 빙벽 앞에 쉼 없이 정을 들지만
끝끝내 파내지 못한 뼛속 깊은 옹이 하나

피로 쓴 연판장을 먼 도시로 날려놓고
그 여름 천둥소리 빈 가지에 새기는 저녁
저 홀로 딱총을 쏘듯 잠든 숲을 깨운다

－《내일을여는작가》 상반기호

이맘때

장수현

손톱 깎던 노인이
검지에 침을 발라

다 닳은 문장 같은
툇마루를 더듬으며

초여름
비린 낮달을
조심스레 줍고 있다

일생—生에 대하여
손금을 펴 보이는

잎잎이 만다라인
마당가의 나무들

말갛게
뜬 손톱달을

하나씩 새겨 넣는다

－《유심》 7월호

새별오름의 봄

장영춘

까맣게
사리로 남은
그 겨울의 안부 같은

새별오름 들불축제
검불 다 태운 자리

양지쪽 손을 내미는
아기 손의 고사리

뿌리로
힘을 모아
이 들녘을 지켰구나

뜨겁던 오름 위에
물수건을 얹히던

황사 낀 계절의 경계

새순 돋듯 아문다

-《열린시학》 여름호

덩굴손, 코바늘뜨기

장은수

휘적휘적 손사래다, 곧은 길 마다하고
섶으로 올라가는 넉잠 든 누에처럼
벽에 난 허방을 짚고 햇빛 촘촘 그러안고

이꽃 빛 번져가는 노을 속을 누빌 때쯤
지상에 없는 길을 한 땀 한 땀 내는 건가
덩굴손 코바늘뜨기, 움의 그물 짜고 있다

비바람 숭숭 들어 상처 깊게 패는 날엔
인적 드문 공중징원 보란 듯이 펼치거나,
아찔한 담장 모퉁이 반쪽 낮달 띄우거나

부러진 날갯죽지 뒷산 어깨 그 너머로
아릿한 앞섶 열고 찢긴 잎새 깁고 있다
저 돌담 凹凸 사이로 굽은 허리 쭉쭉 편다

  −《시선》봄호

걸개, 구구소한도九九消寒圖

장지성

한 해도 조류 있어 가득 차다 쓸려 가는
내 사옥 빗장 질러 면벽面壁하는 긴 겨울
낙엽도 손사래 치며 유형의 길 떠나는.

문풍지 이명을 앓는 설한의 긴 그림자
아홉에 또 아홉 칸 매화를 그려놓고
바람벽 걸개를 걸며 춘삼월을 당겨본다.

어디 비우지 않고 채울 수 있는 잔 있던가
보내고 맞는 자정, 또 하루를 붓 적시어
일월도 꽃밭이 되는 사온일四溫日의 언저리.

이 강산 봄 오기가, 새날의 봄맞이가
칼바람 눈보라는 진통이요 산통産痛임을
웅크린 태아처럼이나 탯줄 이은 삼동三冬을.

지리산 반달곰이 동면에서 깨친 날에
방사한 내 꿈들도 햇살에 부화하여

창 여니 뒷동산 매화도 점화되어 봄이구나.

–《유심》 5월호

댓잎 생각

전일희

댓잎 바람 그리울 땐
죽녹원을 걸어본다

조선사朝鮮史 갈피마다
싱그런 향香 묻어나고

장마만 오락가락하는 시대
난타하는 북鼓소리여

세월에 조금씩 휜
등솔기를 곧추세우고

꼿꼿한 걸음으로
한 걸음씩 가다 보면

청빈한 바람 이는 봉서封書가
가슴으로 읽힌다

－〈국제신문〉 7월 1일 자

셀카

정경화

그가 산을 찍으면
나는 그를 찍는다

그가 꽃을 그리면
나는 그를 그린다

달빛에 들킨 화첩들
단숨에 삭제당해도…

그가 탐하는 세상
저리도 끝없듯이

내가 탐하는 그도
결코 끝이 없어

벼랑 끝
깨금발 딛은
나를 찰칵, 찍는다

－《서정과현실》 하반기호

인생 2

정공량

바람은 노래하며 오늘을 건너고 있다
돌아볼 수 없는 길, 돌아올 수 없는 길
우리가
다 가고 난 뒤
기다릴 수도 없는 길

노을로 물이 드는 시간마저 떠나가면
그 누가 찾아와도 내 맞을 수 없는 순간,
오늘도
마음의 잎새
졸졸졸 흘리고 있다

헝클어진 내 마음을 비껴가고 싶은 날
새들의 자유비행 그 속에서 살고 싶다,
끝없이
부르다 죽을
노랫소리 드높이며

－《월간문학》 4월호

산

정광영

종일 말도 않고 누워만 있던 산은
우리가 잠이 들면 학처럼 날개를 펴서
먼 우주 끝머리쯤을 갔다가 오곤 했다.

아주 옛날에는 그도 하나 신神이었다
우뚝 봉우리를 세워 사람들을 다스리고
가부좌 틀고 앉아서 햇살도 피워 올리는

요즘 세상 꼴에 마음이 상하다가도
가슴으로 번저오는 봄기운을 어쩌지 못해
기지개 쭉 한번 펴고 도로 묵언에 잠긴다.

－시조동인 오늘 제25집 《푸른 화석》

빨치산을 읽는 밤

정수자

걱정 많은 경비처럼 외등만 떠는 공원

눈의 정령인 양 잠 못 드는 창들 저편

언 발을 푹푹 빠뜨리며 설국의 밤을 가리

네 숨이 후끈 스쳤을 자작나무 흰 허리께

백야 속 몽유 같은 붉은 꿈을 찾아가리

빨치산 푸른 애인들 산막이 들썩이도록

눈보라 한 번이면 사라지는 발자국들

온몸으로 밤을 저어 식은 굴뚝에 닿아도

아무르 검은 강 너머 메아리를 미행하리

총도 칼도 꽂가진 양 눈부시던 강철 어깨

혁명이란 연기 속에 사라져간 마을 헤쳐

아직도 뚝뚝 피 듣는 붉은 풍문을 수습하리

－《서정시학》 여름호

봄비

정온유

비님이 내립니다 오전 내내 하염없이.
헝클어진 세상을 가지런히 빗질하듯
라일락 꽃빛 틈으로 고요히 오십니다.

그리움 가득 안은 마음의 행간들이
투명한 언어로 꽃잎처럼 내려와
가만히 그대 안부를 흘려두고 갑니다.

빗줄기 하나에 상처 하나 지우며
하늘이 머리를 쓰다듬어 주는 동안
지구는 시간 밖까지 착해지고 싶습니다.

−《열린시학》 여름호

화살나무 편지

정용국

화살나무 봄 촉에 애틋함을 엮어서
내 힘껏 시위를 당겨 그대에게 보냈지만

애당초 글렀습니다
달뜬 봄을 눅이기엔

허투루 맨 마음 한 폭
맥없이 찢어지고

쏜살같이 날아가서 빗맞은 과녁에는

도저히 가늠할 수 없이
휘갈겨 쓴 욕심뿐

저무는 산허리엔
영산홍 지천인데

들창을 반쯤 열다 군불을 지펴놓고

비 긋는 어둑 저녁이
시리도록 씁디다

-《시조21》 여름호

정선아라리 8
－장마

정평림

앞산 뒷산 두 봉우리 빨랫줄로 이어나 놓고

얼음산이 매지구름 벌벌 떨 때 기다렸나

툭 터진 오줌보 탓에
아우라지 장마 지네

불어난 강물이야 에돌아가면 그만이지

하릴없는 가시버시 가는 귀도 접어두고

늦총각 풀어준 댕기
문고리에 매어보네

비행기재* 지레 올라 외줄이나 끊어야지

허구한 날 틀어박혀 올챙이묵**만 축낼 거야

해 들면 이내 올라나
정선이라 아라리요

－《오늘의시조》

* 정선과 서울을 잇는 관문 격인 고개 이름.
** 옥수수로 만드는 정선 지역 토속 음식의 하나.

소금

정해송

초점 모아 바라보면 결이 삭은 세월 뜬다
너희는 이 세상의 소금이라 하신 날도
지상엔 마른 혼들이 개펄처럼 주름졌지

물결 따라 흔들리며 닿지 못한 사랑이여

푸른 밤을 떠받치던 흰 뼈의 시간들이
귀 닫은 시대를 향해 촉을 세운 저 결정結晶

이 가을 식탁에 놓인 미완의 국물에다
반 숟갈 숨결 풀자 간이 배는 그날 말씀
한 그릇 완성을 위해 오래 참은 맛을 본다

－《문학청춘》 겨울호

겨울 벌판

정해원

모든 것 쓰러져 간 황량한 벌판에서
갈까마귀
떼거리로
몰려와 우는 저녁
생명들 죽어 없어지고 삭풍만이 불고 있다.

그 누가 피를 토하듯 노을이 너무 붉다
하필이면 이 시간에 생각나는 사람이여!
애절한
그리움마저
얼어붙고 있구나.

어둠살이 엄습하는 황야荒野에 홀로 서서
영혼에 불 밝히고
합장하여 기도한다.
여일餘日은
얼마이던가?
가얄 곳은 어디인가?

－《시조21》 여름호

절연

정혜숙

빨래 쉬이 마르지 않는 우기가 이어진다
노각나무 흰 꽃도 내게 오지 못해서
마음은 먼 곳을 향하고
위로가 필요했다

그래서 나는 먼 곳, 도피안사에 갔었지
거기 피안彼岸은 없고 남은 꽃 두어 송이
쓸쓸한 후일담처럼
조용히
간결하게…

–《유심》 8월호

발의 기억

정희경

얼룩꽃 만발한 운동화를 벗는다
한 방향만 고집하는 낡은 코의 시선 끝에
하루를 다 받아낸 뒤축
골목길도 기운다

물집이 출렁이는 일곱 치 발의 지문
지축을 뒤흔들던 직립의 꿈 부어올라
굳은살 숨구멍에는
뭉툭한 길 박혀 있다

반쯤 풀려 축 늘어진 신발 끈을 마저 푼다
움푹 팬 발자국은 달빛 담아 거기 두라
맨발에 살아 있는 촉수
다시 길을 읽는다

－영언 동인 제4집 《라캉과의 대화》

산

조동화

찾아가면
사라지고
돌아오면
거기 있어

그냥
아득히 두고
눈길이나
던지건만

낭랑한
물소리를 보내
그는 늘
안부를 묻네

−《시조세계》 여름호

바위종다리

조민희

너덜겅 잔돌 헤집고 알을 낳은 어미 마음도

기뻐하면 기쁘다고 비빛비빛 사는 거라고

이따금 솟아오르네 속잎 피는 구름가

－《문학사상》 5월호

컵밥 공양

조성문

입춘 내내 내린 폭설 천막지붕 내려앉고
눈 녹듯 밤새 사라진 컵밥집 다시 문 여는
고시촌 비탈진 골목
탁발의 밥줄 길다

건밤 새운 칼잠마저 옹송그린 발우공양
종이컵에 꾹꾹 눌러 애옥살이 그리하고
집 없는 민달팽이들 걸랑 하나 그만이다

눈밭엔 부신 볕살 꿈결같이 고명 얹고
한 그릇 밥 비우는 건
그 하루 비손하는 일
눙치는 노루 꼬리 해가 꿀꺽 진다, 저 너머

─《시조미학》하반기호

이팝꽃

조영일

안동대 정문 앞에 가면
동서로 길게

이팝나무 늘어선 풍경을 만나게 된다

배고픔 잊지 말라며
꽃 피우는 나무다

누이의 이름처럼 조용히
부르고 싶은

눈부시게 피어 있는 이팝꽃 곁에 서면

온몸에 이는 현기증
하얗게 깨어난다

–《유심》 8월호

일념만년거一念萬年去
−혜일慧日에게

조오현

그냥 그렇게 먹이를 물고

새끼들 보금자리 찾아서 가는

어미 새
어미 새처럼 그냥 그렇게

−《유심》 7월호

메아리

조주환

아우는 암으로 가고 목련꽃만 활짝 핀 봄
종일 누이와 말없이 햇살을 보다
목을 빼 허공을 흔들며 네 간 곳을 찾는다

검은 짐승이 삼킨 그 처절한 흔적들이
피 묻은 메아리로 낱낱이 되돌아와
에이듯 가슴에 뚫린 그 구멍만 키웠다.

–《월간문학》 3월호

작은 돌멩이

지성찬

호수가 조용하니
하늘이 들여다본다

지나던 아이가
무심코 던진 작은 돌멩이

호수도
하늘도 함께 울더라
구겨진 그림으로

–《시조시학》 가을호

고양이의 잠

진복희

앞뒷발 다 풀어놓고

저토록 맛난 잠을

엮어본 적 있으신가

한 점 파문도 없이

이승을

저리 감쪽같이

지워본 적 있으신가

－《시조세계》 겨울호

한 다리가 천 리라고

채천수

어미가 언제 올지 가르마를 짚어줘도

한 다리가 천 리라고
사흘돌이
칭얼칭얼

할미는 또 손녀를 업고
눈물 도랑 지웁니다.

온몸에 넘쳐나던
설움도 잦아지면

꿈에 어미 만나라고 자장자장 다독여서

새싹이 움돋는 봄날
하루해를 넘깁니다.

-《화중련》 상반기호

봄, 열다

최성아

겹겹이 봉인된 봄, 겉장 먼저 열었다
보채는 새순 불러 단단히 일러두고
움켜쥔 씨앗 속에도 산통이 전해진다

뒤끝에 눈치 보는 바람을 건너뛰어
시린 매화 가지에 꽃눈 반쯤 틔우고
움츠린 어깨 펴라고
개울물도 풀었다

꽁꽁 붙들어 매고 가둬가며 위세더니
맞서는 봄기운에 꼬리 슬쩍 내리고서
헛바람 숨기려 드는
저 낌새 수상하다

속지의 매듭들은 이미 헐거워졌다
도시 가로수에도 들썩들썩 흥이 돌고
거친 숨 쉬어 가라고 꽃물 한 짐 부린다

-《나래시조》봄호

죽을동살동

최영효

1
개미가 어금니로 죽은 여치를 저며 물고 앞으로 영차 앞으로 뒤
꿈치에 힘줄 세운다 종아리 가자미근이 끊일 듯 늘어져도

살아서야 놓치랴 생업이 생존인걸 턱으로 등뼈로 한 생을 끌고
간다 십 리 밖 내 집까지는 새벽달도 저무는 길

2
파지 줍던 유씨 노인 서너 모금 날숨을 뱉고
버들유자로 휘어져 그 광경 뚫어 보다
그놈 참,
죽을동살동,
봄 만났다, 봄

–《스토리문학》 가을호

198

빗소리 변주變奏

최오균

시서늘한 방에 누워 빗소리 바라보면

해 뜨고 달이 지고 바람이 지나는걸

그러네, 그런 것들이 눈에 밟혀 삼삼하네.

아스팔트 길 걸으며 빗소리 만져보면

해 삼키는 어둠이 머리 위 엉킨 구름이

아 글쎄, 그런 것들이 아리송해 보이네.

왕소금 소낙비가 지상으로 떨어지고

조약돌 부딪치며 물소리 '쏴아' 지르면

한때의, 울음과 웃음 얼싸안고 스러지네.

－《시선》 봄호

담쟁이 3

추창호

깎아지른 직립의 벽 철옹성인 줄 모르고
넝쿨손 쭉쭉 뻗어 쉽사리 오른 줄 알았네
투욱 툭 불거진 심줄 차마 보기 전까지는

에움길 굽이굽이 살얼음판인 걸 모르고
씽씽씽 바람처럼 달려온 줄 알았네
입원실 누운 아버님 만나 뵙기 전까지는

오체투지 몸으로 쓴 갑골문자 저 실록
등창으로 뒤치는 문장 한 자 한 자 되짚어가면
내 미처 읽지 못했던 경건함 거기 있었네

－《시조21》 가을호

200

시인은 머물다 가고

한분순

호젓한 물길 끝에 어깨 맞댄 낱말들
파도 속 잠행하는
밀어 한 줌 캐어내어
바다로 번진 노을빛 흩뿌리며 달뜬다

밤의 걸음 소리에 내다보는 사색들
속삭여 전한 안부
바람 등에 얹어 보내고
시인이 빠뜨리고 간 뒤 낱말끼리 시詩로 산다.

– 《인간과문학》 가을호

쇠소깍

한희정

함부로 제 속을
보여주지 않던 그곳
그냥저냥 참아낼까,
울컥 뱉어낼까

입술만 들썩이다가
속내 저만
깊었지.

–《개화》

그림자

홍성란

누가 제 눈으로 제 얼굴 보았으리

거울 속 얼굴이여 '나'라는 사람이여

꾸미고
가꾼다 해도 드러나는 본모습

이 모래판 위에 무어라 적을까

그래서 좋았다 쓸까, 그래도 좋았다 쓸까

꼬리가
지운 발자국 따라오는 소리들

－《개화》

뿔

홍성운

가을 하늘은 알칼리성인지 갈수록 더 푸르다
누군가 심지 놓아 은근슬쩍 밝힌 낮달
오래전 우리 집 암소
부러진 외뿔이다

아는 형이 건네준 갈래 진 산노루 뿔
저리 두면 삼지창, 야성이 되살아날까
한라산 백록담 딛고 온 산야 굽어봤을

뿔을 보면 문득 석기인이 되고 싶다
곧추선 너럭바위 그 한 폭을 세내어
섬 바다
빗살 진 노을
암각화로 넣고 싶은

미련은 없다지만 이 땅을 꿈꾸시나
외벽에 내걸리든 허공에 매달리든
뿔싸움 밀고 당기던

이승 한끝
놓지 않네

-《열린시학》 봄호

어떤 후일

홍오선

성급히 보내놓고 그림자로 남은 우리

낮달이 베어버린 여리디 여린 목숨

시간이 거꾸로 가는지
우린 항상 이대로다.

미처 듣지 못한 마지막 몇 마디 말,

미처 하지 못한 내 뜨거운 속엣말도

그때는 할 수 있을까
돌아올 후일에는.

－《문학청춘》 가을호

두물머리, 해후하다

홍준경

두루머리 물안개를 나룻목에 펼쳐놓고
남한강江 북한강江이 손 내밀어 합장한다
초승달 마중물 안듯 허리 굽혀 감싼다

밀려오는 그리움에 불현듯 나선 걸음
합수한 강물같이 만남을 섬기는 저녁
절절이 가슴 저미는 어둠도 축복이다

있는 듯 없는 듯이 그대와 동행이다
멀리서 생각해도 그냥 좋은 그 사람이
해후란 이런 것인가, 형용어가 필요 없는

－《시조시학》 봄호

착한 허점

황성진

그저께는 감잎이 하나 떨어졌고,
오늘은 마지막 남은 감 한 알마저 떨어졌다

더 이상 떨어질 게 없는
나무의 저 착한 허점

－《시조시학》 겨울호